AF312225

CATALOGUE

DE

TABLEAUX ANCIENS

DES ÉCOLES

ALLEMANDE, ITALIENNE, FLAMANDE & HOLLANDAISE

QUELQUES

TABLEAUX MODERNES

ET

D'OBJETS EN IVOIRE ET BOIS SCULPTÉS

COMPOSANT LA COLLECTION

De M. J. SCHUSTER, de Vienne

DONT LA VENTE AURA LIEU

HOTEL DROUOT

SALLE N° 1

Les Vendredi 22 & Samedi 23 Février 1867,

A DEUX HEURES

Par le ministère de M⁰ **ESCRIBE**, Commissaire-Priseur,
rue Saint-Honoré, 217;
Assisté de M. **DHIOS**, Expert, rue Le Peletier, 33,
Chez lesquels se distribue le Catalogue.

EXPOSITION PUBLIQUE

Le Jeudi 21 Février 1867, de midi à cinq heures.

PARIS — 1867

DE DHIOS

RENOU & MAULDE

IMPRIMEURS DE LA COMPAGNIE DES COMMISSAIRES-PRISEURS

Rue de Rivoli, 144.

CATALOGUE

DE

TABLEAUX ANCIENS

DES ÉCOLES

ALLEMANDE, ITALIENNE, FLAMANDE & HOLLANDAISE

QUELQUES

TABLEAUX MODERNES

ET

D'OBJETS EN IVOIRE ET BOIS SCULPTÉS

COMPOSANT LA COLLECTION

De M. J. SCHUSTER, de Vienne

DONT LA VENTE AURA LIEU

HOTEL DROUOT

SALLE N° 1

Les Vendredi 22 & Samedi 23 Février 1867,

A DEUX HEURES

Par le ministère de M° **ESCRIBE**, Commissaire-Priseur,
rue Saint-Honoré, 217 ;

Assisté de M. **DHIOS**, Expert, rue Le Peletier, 33,

Chez lesquels se distribue le Catalogue.

EXPOSITION PUBLIQUE

Le Jeudi 21 Février 1867, de midi à cinq heures.

PARIS — 1867

Les Tableaux nous ayant été envoyés tardivement, nous avons dû leur laisser, dans le Catalogue, les attributions données par le Propriétaire.

CONDITIONS DE LA VENTE

Elle sera faite au comptant.

Les Acquéreurs paieront CINQ POUR CENT en sus du prix d'adjudication.

L'Exposition mettant les Acquéreurs à même de se rendre compte de l'état des Tableaux, il ne sera reçu aucune réclamation une fois l'adjudication prononcée.

TABLEAUX ANCIENS

ÉCOLE ANCIENNE ALLEMANDE

BOL (Hans)

1 — Un Château près La Haye.

Cuivre. H. 20 c. L. 30 c.

BURGMAYER (Hans)

2 — Saint Eustache à la chasse, à genoux devant un cerf avec la Croix.

Bois. H. 43 c. L. 35 c.

CRANACH (Lucas)

3 — Une jeune Femme qui se laisse embrasser par un Vieux, qui lui offre de l'argent.

Bois. H. 52 c. L. 35 c.

ELLZHEIMER (Adam)

4 — Jésus-Christ rencontre Madeleine au Jardin.

Métal. H. 22 c. L. 17 c.

FRANK (Fr.)

5 — Assomption de la Vierge.

> Bois. H. 47 c. L. 30 c.

6 — Jésus-Christ portant la Croix rencontre la Vierge Beaucoup de figures.

> Cuivre. H. 30 c. L. 42 c.

GLAUBER (Jean)

7 — Paysage avec des tombeaux ; bords de la mer.

> Bois. H. 31 c. L. 46 c.

GOES (Hugo van der)

8 — Vierge avec l'Enfant Jésus, tenant une pomme à la main.

> Bois. H. 35 c. L. 24 c.

GRASMAYER (Jean)

9 — Assomption de la Vierge. Cintré.

> Toile. H. 68 c. L. 38 c.

HEMMELING (Jean)

10 — Sainte Marie Cleova avec deux enfants : saint Jean et saint Jacques, sur le panneau; derrière, une grisaille : la Sainte Vierge.

> Bois. H. 56 c. L. 22 c.

11 — Le pendant du précédent. Sainte Marie Salomé allaitant un enfant ; avec saint Jacques-Majeur, saints Simon et Philippe ; derrière le panneau, une grisaille : l'Ange Gabriel.

> Bois. H. 56 c. L. 22 c.

HOLBEIN (Jean)

12 — Portrait d'une Dame avec une toque noire.

Bois. H. 31 c. L. 22 c.

HEINZ (Jos)

13 — Sainte Catherine d'Alexandrie, ovale.

Pierre. H. 16 c. L. 11 c.

LINGELBACH (Jean)

14 — Port de mer, avec beaucoup de figures.

Toile. H. 44 c. L. 52 c.

MAITRE GUILLAUME DE COLOGNE

15 — Saint Pierre peint sur un fond d'or ornementé de fleurs de lis.

Bois. H. 131 c. L. 64 c.

16 — Saint André avec la Croix, peint sur un fond d'or à fleurs de lis.

Bois. H. 131 c. L. 64 c.

MECKEN (Israel van)

17 — Trois têtes d'Apôtres.

Bois. H. 29 c. L. 38 c.

ROTTHENHAMER (Jean)

18 — Le Jugement dernier.

Bois. H. 54 c. L. 41 c.

ROTHMAYR (J.-F.)

19 — Saint François guérissant un malade devant l'autel.

Toile. H. 50 c. L. 35 c.

QUINTIN METSIS

20 — Saint Jérôme avec le lion, le fond du paysage rempli avec des épisodes de sa vie.

Bois. H. 57 c. L. 39 c.

VALKENBURG (THÉODORE)

21 — Paysage ; sur le premier plan, l'Ange Gabriel avec Tobie.

Cuivre. H. 16 c. L. 19 c.

VINKENBOOMS (DAVID)

22 — Saint Jérôme dans un paysage, avec le monogramme connu à ce maitre.

Cuivre. H. 39 c. L. 22 c.

WENZEL D'OLLMUTZ

23 — Saint Augustin écrivant l'Évangile.

Bois. H. 69 c. L. 47 c.

24 — Saint Grégoire écrivant sous la diction du Saint-Esprit.

Bois. H. 69 c. L. 47 c.

WOTTLGEMUTH

25 — Sainte Famille dans un paysage ; demi-figures.

Bois. H. 76 c. L. 63 c.

MAITRES INCONNUS

ÉCOLE DE HOLBEIN

26 — Portrait d'une vieille Dame à collerette.

Bois. H. 45 c. L. 36 c.

ÉCOLE BYZANTINE

27 — Cinq Saints (bustes) dans un cadre.

Bois. H. 10 1/2 c. L. 9 1/2.

ÉCOLE DE COLOGNE

28 — La Pentecôte.

Bois. H. 67 c. L. 56 c.

ÉCOLE DE BOURGOGNE

29 — Vierge à l'Enfant ; derrière le panneau, une grisaille, saint Jean-Baptiste.

Bois. H. 40 c. L. 31 c.

30 — Saint Pierre ; derrière le panneau, une grisaille saint Jean l'Évangéliste.

Bois. H. 40 c. L. 31 c.

ÉCOLE ALLEMANDE

31 — Annonciation.

Bois. H. 55 c. L. 40 c.

ÉCOLE ALLEMANDE

32 — Visitation de la Vierge.

Bois. H. 55 c. L. 40 c.

33 — L'Adoration des Rois.

Bois. H. 55 c. L. 40 c.

34 — La Présentation au Temple.

Bois. H. 55 c. L. 40 c.

ÉCOLE DE COLOGNE

35 — Saint Ulric, évêque.

Bois. H. 87 c. L. 52 c.

36 — Saint Wolfgang, évêque.

Bois. H. 87 c. L. 52.

ÉCOLE DE VAN EYCK

37 — La Sainte Vierge.

Bois. H. 23 c. L. 18 c.

ÉCOLE ITALIENNE

38 — Naissance de Jésus-Christ.

Bois. H. 71 c. L. 48 c.

39 — Annonciation.

Bois. H. 71 c. L. 48 c.

ÉCOLE ITALIENNE

ALLEGRI (Ant.), dit CORREGIO

40 — Ecce Homo (de la Collection du prince Kaunitz).

Cuivre. H. 47 c. L. 34 c.

41 — Mise au Tombeau (Esquisse sur papier montée sur toile.)

Papier. H. 40 c. L. 28 c.

BASSANO DA PONTE

42 — La Flagellation du Christ, avec portraits sur le premier plan.

Toile. H. 37 c. L. 26 c.

43 — Mise au Tombeau.

Toile. H. 39 c. L. 32 c.

BELLINI (Giov.)

44 — Vierge avec l'Enfant, tenant une poire à la main.

Bois. H. 74 c. L. 58 c.

BELOTTI (Canaletto Ant.)

45 — Une place à Venise.

Toile. H. 47 c. L. 70 c.

BONIFAZIO (Veneziano)

46 — Portrait d'homme.

Toile. H. 50 c. L. 35 c.

CARACCCI (Hanibal)

47 — La Mort de saint Lambert, tué par des soldats devant l'autel.

Toile. H. 75 c. L. 35 c.

48 — Une femme avec un enfant. (Esquisse.)

Toile. H. 36 c. L. 27.

CARACCI (Aug.)

49 — François d'Assise et deux Anges.

Toile. H. 48 c. L. 37 c.

CARACCI (Lud.)

50 — Saint Antoine de Padoue tenant l'Enfant Jésus.

Toile. H. 48 c. L. 42 c.

CASTIGLIONE (Giov. Ben.)

51 — Grand paysage. Moïse sauvé des eaux.

Toile. H. 130 c. L. 95 c.

52 — Saint Jean prêchant.

Toile. H. 130 c. L. 95 c.

53 — Bergers et animaux dans une grotte. (Esquisse sur papier, montée sur toile.)

Papier. H. 28 c. L. 42 c.

54 — Bergers conduisant un troupeau. (Esquisse sur papier, montée sur toile.)

Papier. H. 28 c. L. 42 c.

55 — Animaux. (Esquisse sur carton.)

Carton. H. 28 c. L. 22 c.

DOLCI (Carlo)

56 — Sainte Madeleine couchée.

Bois. H. 25 c. L. 35 c.

DOMINICHINO

57 — La mort de saint Perpetua.

Toile. H. 65 c. L. 51 c.

GIORDANO (Luca)

58 — Saint Michel terrassant les Démons.

Toile. H. 64 c. L. 48 c.

LONGHI (Peter)

59 — Un Barbier.

Bois. H. 19 c. L. 26 c.

MARATTI (Carlo)

60 — Vierge avec l'Enfant.

Bois. H. 23 c. L. 17 c.

61 — La Vierge contemplant l'Enfant.

Pierre. H. 16 c. L. 8 c.

PALMA VECCHIO

62 — Vierge, l'Enfant Jésus et le petit saint Jean.

Bois. H. 40 c. L. 47 c.

GUIDO RENI

63 — Saint Jérôme.

Cuivre. H. 21 c. L. 16 c.

SALVATOR ROSA

64 — Paysage avec figures.

Toile. H. 110 c. L. 145 c.

65 — Autre paysage avec figures.

Toile. H. 110 c. L. 145 c.

66 — Cavalier armé, à cheval.

Toile. H. 28 c, L. 33 c.

ROSA DI TIVOLI

67 à 70 — Quatre paysages avec bergers et bestiaux.

Chaque toile. H. 97 c. L. 134 c.

ROBUSTI dit TINTORETTO

71 — Hérodiade.

Toile. H. 69 c. L. 58 c.

SASSO FERATO

72 — Vierge en prière.

Toile. H. 58 c. L. 42 c.

SOLIMENA (Francesco)

73 — Descente de croix.

Toile. H. 65 c. L. 81 c.

SCHIAVONNI (And.)

74 — Tête de Christ. (Toile marouflée.)

Bois. H. 25 c. L. 18 c.

TIÉPOLO (Giov. B.)

75 — Sainte Hélène trouve la Sainte Croix. (Cintré.)

Toile. H. 99 c. L. 49 c.

TIÉPOLO

76 — Saint Ulric en prière devant l'autel.

Toile. H. 52 c. L. 31 c.

77 — Sainte Thècle.

Toile. H. 40 c. L. 27 c.

78 — Saint Jérome. (Esquisse sur toile.)

Toile. H. 12 c. L. 8 c.

TITIEN

79 — Suzanne au bain.

Toile. H. 95 e. L. 78 c.

TITIEN (École de)

80 — Une Nymphe surprise par un Triton.

Toile. H. 33 c. L. 45 c.

TURCHI

81 — Sainte Madeleine.

Pierre. H. 27 c. L. 21 c.

VÉRONÈSE (Paul)

82 — Tête d'étude.

Toile. H. 23 c. L. 19 c.

ZUCARELLI (Franz)

83 — Pêcheurs sur le rivage.

Toile. H. 33 c. L. 44 c.

INCONNU

84 — Saint Jean-Baptiste. (Ovale.)

Cuivre. H. 16 c. L. 12 c.

ÉCOLES FLAMANDE & HOLLANDAISE

BALEN (Henry van)

85 — La Fuite en Égypte.

Cuivre. H. 35 c. L. 27 c.

86 — Mariage de la Vierge.

Cuivre. H. 35 c. L. 27 c.

BÉGA (Cornélius)

87 — Intérieur hollandais.

Toile. H. 35 c. L. 29 c.

BLOEMEN (Peter van)

88 — Baigneurs sur un rivage.

Toile. H. 44 c. L. 55 c.

89 — École d'équitation.

Toile. H. 44 c. L. 55 c.

BRANDT (Chr.)

90 — Paysage : un Troupeau d'Animaux traversant une rivière.

Toile. H. 36 c. L. 53 c.

BRECKLENCAMP (Quérin)

91 — Intérieur hollandais.

Bois. H. 46 c. L. 62 c.

BRAUWER (Adr.)

92 — Deux Paysans près d'une cheminéé.

Bois. H. 37 c. L. 29 c.

BREUGHEL (Ambr.)

93 — Fleurs.

Bois. H. 13 c. L. 16 c.

94 — Vase avec fleurs et un oiseau.

Bois. H. 65 c. L. 52 c.

95 — L'Ange Raphaël avec Tobie, dans un riche paysage.

Cuivre. H. 25 c. L. 32 c.

BREUGHEL (Pierre)

96 — Paysage d'hiver avec Patineurs.

Bois. H. 46 c. L. 63 c.

97 — Scène de Paysans.

Bois. H. 39 c. L. 32 c.

CALLOT (Jacques)

98 — Crucification.

Cuivre. H. 11 c. L. 20 c.

CUYP (Alb.)

99 — Paysage avec animaux. Trois Bergers conduisant un troupeau.

Toile. H. 37 c. L. 57.

DENNER (Balth.)

100 — Portrait d'un Vieux à barbe grise.

Cuivre. H. 40 c. L. 32 c.

DIÉTRICH (Chr.)

101 — Portrait d'homme.

Bois. H. 21 c. L. 17 c.

FLORIS (François)

102 — Descente de Croix avec beaucoup de figures.

Bois. H. 54 c. L. 42 c.

GIZEN (Van)

103 — Canal hollandais.

Cuivre. H. 10 c. L. 11 c.

104 — Un Moulin à vent.

Cuivre. H. 10 c. L. 11 c.

105 — Paysage avec figures.

Cuivre. H. 11 c. L. 17 c.

GOYEN (Van)

106 — Pêcheurs hollandais.

Bois. H. 16 c. L. 20 c.

107 — Paysage hollandais avec un Moulin à vent.

Bois. H. 41 c. L. 55 c.

GRUND (Norbert)

108 — Sujet mythologique.

Bois. H, 12 c. L. 15 c.

109 — Faune et Nymphes dansant.

Bois. H. 12 c. L. 15 c.

110 — Paysage avec figures.

Bois. H. 11 c. L. 14 c.

111 — Paysage avec figures.

Bois. H. 11 c. L. 14 c.

HEIL (Daniel van)

112 — Paysage.

Bois. H. 16 c. L, 22 c.

113 — Paysage.

Bois. H. 16 c. L. 22 c.

HEMSKERKE (Mart.)

114 — Deux Paysans ; l'un tient un pot de bière.

Bois. H. 24 c. L. 17.

115 — Un Paysan tenant un verre à la main.

Bois. H. 19 c. L. 16 c.

HOOGSTRAATEN (Samuel van)

116 — Portrait d'homme.

Bois. H. 50 c. L. 40 c.

HOECKE (Robert van)

117 — Paysage avec un Combat.

Bois. H. 23 c. L. 33 c.

LAAR (Peter de)

118 — Une Caravane traversant les montagnes.

Toile. H. 43 c. L. 55 c.

MANS

119 — Paysage d'hiver : Patineurs,

Bois. H. 20 c. L. 29 c.

MIREVELT (Mich.)

120 — Portrait d'un prince.

Bois. H. 30 c. L. 25 c.

MOHR (Carl)

121 — Portrait d'homme à collerette.

Toile marouflée sur bois. H. 39 c. L. 27 c.

MOLNAER (Claes)

122 — Un vieux Château près d'un canal.

Bois. H. 41 c. L. 35 c.

NEER (Van der)

123 — Effet de Nuit : bord de la mer.

Cuivre. H. 31 c. L. 42 c.

NETSCHER (Gaspar)

124 — Portrait d'homme assis près d'une table.

Toile. H. 23 c. L. 23 c.

OSTADE (Adrien van)

125 — Une Sorcellerie.

Toile. H. 23 c. L. 28 c.

PETERS (Bonav.)

126 — Marine : Mer agitée.

Bois. H. 32 c. L. 26 c.

POELENBURG (Corn.)

127 — Abraham et Isaac montant sur la montagne.

Cuivre. H. 33 c. L. 41 c.

POUSSIN (Nic.)

128 — Christ guérissant les malades.

Esquisse sur carton. H. 15 c. L. 22 c.

129 — Entrevue de David et Abigaïl.

Esquisse sur carton. H. 18 c. L. 20 c.

QUERFURT (Aug.)

130 — Cavalier et deux Chevaux.

Cuivre. H. 23 c. L. 27 c.

REMBRANDT (Van Ryn)

131 — Portrait d'homme.

Toile. H. 34 c. L. 28 c.

RIBERA (Espagnoletto)

132 — Saint Jérôme.

Toile. H. 62 c. L. 49 c.

RUBENS (P.-P.)

133 — Tête d'étude.

Esquisse sur papier. H. 11 c. L. 08 c.

SEIBOLDT (Chr.)

134 — Portrait de l'Artiste.

Toile. H. 45 c. L. 36 c.

SEGHERS (G.)

135 — Vierge avec l'Enfant Jésus,

Toile. H, 42 c. L. 32 c.

SCHALKEN (Godfroid)

136 — Amour et Psyché.

Bois. H. 39 c. L. 32 c.

SCHMIDTS (Fr.)

137 — Portrait d'un bourgmestre de Krems.

Toile. H. 62 c. L, 50 c.

TAUWN (Fr.)

138 — Deux anges portant une Corbeille : fleurs, fruits.

Toile. H. 144 c. L. 202 c.

139 — Anges jouant ; fruits, canards.

Toile. H. 144 c. L. 202 c.

TÉNIERS (David, père)

140 — Deux Paysans.

Bois. H. 36 c., L. 25 c.

TÉNIERS (David, fils)

141 — Intérieur hollandais : paysans fumant et causant (Collection comte Festetichs).

Bois. H. 40 c., L. 54 c.

142 — Tentation de saint Antoine.

Bois. H. 16 c., L. 20 c.

TERBURG (G.)

143 — Un Savant dans son cabinet tenant un médaillon à la main.

Cuivre. H. 48 c., L. 38 c.

TISCHBEIN

144 — Une Néréide couchée.

Carton. H. 15 c., L. 19 c,

VÉLASQUEZ (École de)

145 — Portrait d'homme.

Toile. H. 45 c., L. 33 c.

VRIES (Jean de)

146 — Canal hollandais (galerie d'Orléans).

Bois. H. 44 c., L. 56 c.

WOUWERMANS (Philippe)

147 — Paysage avec figures.

Toile. H. 50 c., L. 63 c.

WYCK (Th.)

148 — Marine : Vue d'un phare avec figures.

       Toile, H. 40 c., L. 67 c.

MURILLO (École de)

149 — Saint François d'Assise embrassant le Christ sur la croix.

       Bois. H. 36 c., L. 27 c.

MOUCHERON (Isaac)

150 — Paysage avec figures.

       Bois. H. 45 c., L. 33 c.

TABLEAUX MODERNES

BENTABOLE (L.)

151 — Paysage avec figures.

       Toile. H. 27 c., L. 41 c.

BRANDT (Chr.)

152 — Deux Chevaux.

       Toile. H. 21 c., L. 28 c.

BRENNER (A.)

153 — Un Aveugle devant la porte d'une maison.

Toile. H. 57 c., L. 44 c.

DESHAYES (E.)

154 — Légumes et accessoires.

Bois. H. 32 c., L. 41 c.

FEID (J)

155 — Étude de paysage, d'après nature.

Toile. H. 42 c., L. 52 c.

156 — Étude de paysage avec figures.

Toile. H. 50 c., L. 68 c.

GAUERMANN (F.)

157 — Un Taureau ; étude.

Papier monté sur toile. H. 21 c., L. 28 c.

158 — Bœuf à l'étable ; étude.

Monté sur bois. H. 21 c., L. 28 c

HAANEN (C. van)

159 — Paysage hollandais.

Bois. H. 50 c., L. 65 c.

HAUSCH (L.)

160 — Paysage ; hautes montagnes.

Bois. H. 36 c., L. 53 c.

KNIP (J.-A.)

161 — Animaux au pâturage.

Bois. H. 24 c., L. 31 c.

LACH (A.)

162 — Vase avec fleurs.

Bois. H. 50 c., L. 40 c.

163 — Fruits.

Bois. H. 32 c., L. 40 c.

164 — Fruits.

Bois. H. 32 c., L. 40 c.

165 — Fleurs et Framboises.

Toile. H. 29 c., L. 34 c.

166 — Fleurs.

Toile. H. 29 c., L. 34 c.

167 — Raisins et une Cruche.

Toile. H. 80 c., L. 62 c.

168 — Raisins et Pêches.

Toile. H. 80 c., L. 64 c.

LŒFFLER (L.)

169 — Un petit Gamin cherche à prendre des mouches.

Toile. H. 53 c., L. 43 c.

MICHAELSEN (W.), d'après Van Dyck

170 — Amour.

Toile. H. 122 c., L. 90 c.

OMMÉGANGK

171 — Paysage avec animaux.

Bois. H. 33 c., L. 40 c.

SCHRŒDT (A.)

172 — Intérieur d'écurie avec accessoires.

Bois. H. 32 c., L. 40 c.

VARRONE (J.)

173 — Vue de Bellinzona.

Toile. H, 50 c., L. 70 c.

VERSCHUURRE

174 — Chevaux en plaine.

Bois. H. 27 c., L. 32 c.

SCULPTURES EN IVOIRE

175 — Vénus et l'Amour, xviiie siècle.

H. 18 c.

176 — Calvaire : Christ en croix avec la Vierge et saint Jean. xviie siècle, avec piédestal ébène.

H. 40 c.

177 — Un Triptyque. Ecce Homo.

H. 23 c.

177 bis — Vierge couronnée par un ange.

H. 23 c.

178 — Hercule, avec un bas relief sur le piédestal. Sacrifice à Vénus. xviie siècle.

H. 34 c.

179 — Un petit Pâtre appuyé contre un arbre. xvie siècle.

H. 11 c.

180 — Une Vierge avec l'Enfant. xviie siècle.

H. 22 c.

181 — Une Vierge avec une auréole. xviie siècle.

H. 22 c.

182 — Autre Vierge. xviie siècle.

H. 22 c.

183 — Vierge et l'Enfant, en relief.

H. 15 c.

183 bis — Neptune (les doigts raccommodés). xviiie siècle.

H. 19 c.

184 — Une Niobé, xviiie SIÈCLE.

H. 15 c.

185 — Une Cérès. xviiie SIÈCLE.

H. 15 c.

186 — Un Calvaire. Jésus-Christ et les deux Larrons dans un cadre en bois sur fond velours. xviiie SIÈCLE.

H. 27 c. L. 22 c.

187 — Ivoire, relief en couleur. Présentation au Temple. Sous verre. Très-ancien.

H. 10 c. L. 8 c.

188 — Une Nymphe aux bords d'une source. xvie SIÈCLE.

H. 8 c.

189 — Relief. Couronnement de la Vierge entourée d'Anges Encadré. xviie SIÈCLE.

H. 15 c. L. 8 c.

190 — Deux bas-reliefs. Cerfs et Biches, Encadrés.

H. 7 c. L. 7 c.

191 — Une boîte à reliques avec figures sculptées en os, travail allemand, XVᵉ SIÈCLE.

> 19 c. Long. H. 18 c. L. 13 c.

192 — Boîte à bijoux ; travail indien.

> 26 c. Logn. H. 9 c. L. 17 c.

SCUPTURES EN BOIS

193 — Un saint Jean-Baptiste en bois de tilleul noirci.

> H. 80 c.

194 — Un Christ ressuscité, en bois de tilleul noirci.

> H. 73 c.

195 — Couronnement de la Vierge, deux figures, en bois de tilleul noirci.

> H. 75 c. L. 45 c.

196 — Couronnement de la Vierge, trois figures en bois de tilleul noirci.

197 — Saint Sebald en pèlerin, une figure en bois de tilleul noirci.

> H. 110 c.

198 — Deux bas-reliefs représentant ensemble : l'Annonciation dans des cadres en chêne (par Riemenschmider).

> H. 62 c. L. 39 c.

199 — Deux autres bas-reliefs, Anges chantant des Hymnes. Egalement encadrés.

H. 57 c. L. 30 c.

200 — Une Pieta sur un piédestal noir.

H. 40 c.

201 — Modèle en bois pour un ostensoir, tenu par un Ange.

H. 4 c

RENOU et MAULDE, imprimeurs de la Compagnie des Commissaires-Priseurs, rue de Rivoli, 144.

622

www.ingramcontent.com/pod-product-compliance
Ingram Content Group UK Ltd.
Pitfield, Milton Keynes, MK11 3LW, UK
UKHW031727170726
13836UKWH00001B/496